무명 시인의 선물

정재선 시인

시음사
시사랑음악사랑

목차

목차

목차

목차

엄지손가락

못난 아비의 설움은
강인함으로 키우지 못함에
명치끝 회한의 눈물만 흘리고

눈으로 지켜보면
저만치 달아나는 너를
부를 수도 잡을 수도 없고
가슴으로 보고자 하면
아픈 마음만 절이는데

짐 같은 아비의 사랑
보자기 짐 싸듯 싸매두고 싶지만
가쁜 내 숨 쉼이 너의 심장에 부대껴

착한 계집의 어깨보다도
작은 뒷모습에 잔소리로 퍼붓는
내 말들이 차마 내가 섧다

너를 향하여 치켜세울
엄지손가락 오늘은 잠시
바지춤에 찔러 넣는다

그리움은 흘러가고

바람 소리 마음 휘 접어
호숫가에서 세월을 마시건만
붉은 노을은 금빛 물결 위에 숨어들어

그리움은
강물 따라 흘러가는데
오지 않을 너를 보냄에
메마르지 않은 눈물은 멈출 줄 모르고

너를 기다리는 마음
흩어진 그리움들
퍼즐 맞추듯 힘겨워 숨 고르면

물결 따라 흘러가던
임의 마음 바위에 걸려 돌아보려나

부질없는 상념은
서툰 눈빛으로 흔들려
고개 숙여 추스르는 내 마음
쏟아지는 빗줄기에 묻어 두었네

그대 그리운 날

그리운 사람 그리워
까치발 세우고 넘겨다보는
세상 끝 시린 눈빛

주르륵주르륵
그대 그리워한 세월만큼
쌓인 눈물
보듬어 안고 토닥일 틈 없이
바람 따라 흐르고

심연 깊숙이 파고드는
쓰라린 기억과
슬픈 눈빛
마주하는 별들의
깊은 고뇌 속
빙빙 맴도는 달빛

대책 없이
그대 그리운 날
그림자조차
마주할 수 없는 허무한 날

겨울이 가고
봄이 오는 날에
안개비는 눈물 되어 내리네.

아침 사랑

이 마음의 빗장은
임 오시는 길에
함박꽃 드리운 꽃길 아니라시며
간단 말없이 돌아설까 봐
어설픔으로 반쯤 열어 놓아두고

가슴에 묻으면
훔치지도 못할 애끓는 말들
눈물을 흘려도
입술로만 닦아내며
두 손에 잡히지 않는
고사리 같은 정

그마저도 뜨거운 침묵에
부아 치민 거센 스침에
살결은 파도를 치고
뱃고동보다 큰 종소리

내 안의 그대
그대 안의 나는
벌거벗은 부끄러운 사랑뿐,

물안개

고요한 아침
동행하는 자의 마음속
가슴으로 휘감아 올리는

회색빛 그리움 되어
소리 없이 피어올라
여운만 남기고 떠나는 여정

또다시 오지 못할
그 자리에 남겨진 흔적은
기다림의 세월 아로새겨 둔
내 여인의 고운 미소
떠나버린 그 자리에서
은빛 너울은 춤을 추건만

한마디 말도 없이
손을 놓은 채로 그리움 두고서
떠나가 버린 사람아

안개꽃 피어오르는
그대 품속으로 가고 있네.

임 마중

그대
그리 많은 달콤한 말은
달빛 창에 묻어 두고
흩어지는 꽃들의 잔 향기는
흥에 겨워 노래가 되는 밤

그대 위해 마중 나가
그대 마음 네게로 들이고 싶은데

꽃 너울에 살랑살랑
스쳐 가는 작은 미소의
손짓인듯하여
저만치 뛰어가면
그만큼에서 찡긋하네

움찔움찔 뒷걸음으로
보채가면 앙탈로 짙어지는
내 안의 진한 그대 향기여

그리워하는 말 하지 못해
심장 안에서 커가는 얼굴
숨 토하며 가쁘게 쓰러져도
오늘도 새순처럼 쏙쏙
연둣빛으로 물드는

그대 이름이여
나의 이름이여
잊히지 않을 맹세 된 사랑
사랑이시여.

하루만 더

날마다 하늘을 보며
밤새 걸어둔 첫인사
그대에게 띄우고

말 한마디
망설이는 이 마음 숨기고
아껴둔 그리움 들킬까

눈 뜨면 숨결 고운 그대 품에
백합 같은 내 사랑
입맞춤으로 화답하지만

풀꽃 같은 그대 귀 간질여
어설피 깨우고 그대 기지개에 숨어
밤새 키운 사랑 부끄럽지 않은 듯
가만가만 살피며 가슴에 담은 채로

온전히 하루만 더
그대를 욕심부려 사랑하고 싶은
내 마음은 오늘 밤에도
호숫가에서 밤을 지새운다.

그대 담는 밤

달그림자 힘겨워 쉬어가듯
지붕 위에 걸쳐두는 하얀 밤에
시계 소리 뱃고동 울리듯
가슴을 치건만

한 움큼 부서져
들녘에 서 있는 그리움
바람결에 흘러가
그대 미소에 멈출까

달빛은 술잔에 뒹굴고
구들장에 헛도는 그대 담는 밤

타오르다
하얀 재가 되어
끝없는 그리움에 애타듯
톡 터지기 전
제 가슴속으로 오세요.

석양에 물들이고

집으로 돌아가는데
석양은 두 눈을 잡아끌고
길 위에 흐르는 심란한 마음은
아직도 신호등을
건너지 못하고 있건만

밤이 오는 것도 서러운데
노을은 저리 붉게 물들어
나를 어디로 데려가려고
앞뒤에서 자꾸만 불타는가

외로워서 홀로 지새운 밤
그리움에 붙잡아둔 너를
봄볕에 날리어 호숫가
버들잎에 이슬 되어 반짝이고

한낮이면 부서져 그리움만 남아도
이 밤 깊어가는 새벽길에
함초롬히 아지랑이처럼 아른거리네.

지독한 사랑

빈속에 마셔버린
그리움은 타들어 가고
바람결에도 흔들리는
나의 발목을 부여잡은 체

달은 술잔에 기울어
흐르는 시간을 붙잡네

귀에 익은 숨소리
한잔 술에 젖어드는 그대
그립다 말지도 못한 체
가슴 안에서 터질 듯 커가는 지독한 사랑아

해는 지고 달이 뜨면
바람결에 나부끼는
그대의 잔향에
나 홀로 그대 맞으니 서러워

별빛이 쪼아버린 가슴
나 자신을 잃어버리고
오늘도 나는
그대 찾아 맴돈다.

아침에 피는 꽃

눈물로 적신 체
그리움의 꽃이 되어
아침 햇살 머금은
그대의 입술은 타오르고

밤새워 뒤척임에 접어둔 외로움은
새벽녘 꿈틀거리는 슬픈 조각되어

부서지는 아침이슬
풀잎 위에 구르면
당신의 꽃향기는
대지 속에 녹아들었네

아리따운 그대 모습에
난 그만 행복에 겨워하다

깊은 잠에 취하듯
모든 것을 놓아주는 시간
그대의 품속으로 스며들었네.

저녁노을

한낮의 태양은
산을 넘을 재
함께 하지 못한 여운의 아쉬움에

지는 노을은
슬픈 눈물 흘리고
타오르는 도시의 뜨거움의
무리는 저녁노을 속으로
사그라지고

파란 하늘은 서서히 지면서
밤하늘의 별들 잉태 속에 어둠을 밝히고
붉은 노을에 물들면서
침묵의 고요 속으로 깊어 가고
저녁을 손짓하네

하늘땅 사이를 넘나들고
유성들은 수를 놓으면서
방황하며 지친 영혼은
쉼터의 작은 공간에
찌든 세파 살포시 내려놓는다.

산행

지는 가을 산
휘감아 도는 안개는
끝자락에 매달리어

한숨짓듯이 시간의 여정을
내려놓은 체 고개를 떨구고

옷깃 속으로
초입으로 들어서는 겨울은
품속으로 파고들면서
자리 잡은 채로 쉼표를 찍으니

아기자기한 임도의
굽이굽이 길은 바스락 소리에
추억을 아로새기고

행복의 시간은
그리움 되어 바람에 실려
은빛 물결 춤추는 호숫가에
살포시 다리를 걸치네.

들꽃

아침이슬 한 방울에
고개를 떨구고
거친 잡초들의 몸짓에
서글피 울면서
아침 햇살 가슴으로 품고서
작은 꽃 한 송이로 피어나

농익은 시간 속에
응고돼버린 그리움은
키 큰 나무 사이에서
밝은 미소 지은 체
소박한 꿈은 바람과 속삭이고

거친 시간 속에
내면으로 삭혀두고서
작은 소망 품은 체
소리 없이 눈을 뜨네.

연등 위에 번뇌

달은 기울어
소란을 잠재우려
산등성이에 걸쳐두고

마음의 합장으로
부처를 속내에 들이면
불경 소리 풍경을 치고
손끝에
딸려오는 그림자
울먹이는 어깨를 쓰다듬는다

가려 하니
발 붙잡고 시간만 가는데
한낮에 뜨거웠던 몸
산바람 불어 이젠 좀 식혀주려나

연등 위에 번뇌만
불빛 타고 흐르는데
아직도 나는 우는가
너 없는 빈 곳에 홀로 서 있네

안갯속의 유혹

이른 새벽
내달리는 내 마음
자욱한 안갯속에
아른거리는 너의 손짓에

옷고름 풀고
벙긋 솟은 젖가슴 내놓은 체
손짓하는 임의 유혹에 휘청거리듯
내 마음 다가서지만

부서져 내리는
아침 햇살에 임은 보이지 않네

안개 걷히듯 사라지는
너의 주름치마는
굉음을 내고 내달리는
앞차를 따라가고 있네.

첫 키스

그윽한 두 눈으로
갈망하는 그대
수줍은 마음으로
지그시 눈을 감은 당신

너의 떨림은
내 가슴에 스며들어

작은 입술은
사랑을 위한

한 송이
장미꽃으로 피어난
선홍빛 그리움이어라.

손끝에 걸린 사랑

한눈을 지그시 감으니
손끝에 있는 임은
먼 곳에 있는 허상이었나

마음으로 보이는
임은 코끝에 걸쳐있듯이
상큼한 미소를 머금은 사랑

보이지 않는
그리움을 애타게 불러야 하는
내 심장은 타버려도
그대 곁에서 함께 하기에
외로움을 접어두고

나를 위하여 열어둔 마음
가슴으로 품은 연정

그대의 얼굴
볼 수가 없는 시간
꿈속에서 보는
그대는 내 사랑이었네.

대청호수

홍매화 복사꽃
향기에 취해
굽이굽이 돌아서 흘러가는
대청 호숫가에
나그네는 한숨 돌리면서 쉬어 가고

옛 시절 도도하고
서슬 퍼런 청남대 길에
화사하고 밝은 기운 서려 있네

언제 또 오려나
발길 돌려야 하는
나그네의 마음속에

예전의 암울함
적막감은 사라지고
길가에 나부끼며 뒹구는
벚꽃잎의 향연에
행복한 미소
머금은 채로 길 떠나네.

빨간 우체통

네가 생각나 소식 전하고 싶어
꼭꼭 눌러 마음 담아 써놓은 편지
주소를 적어 풀칠까지 하였건만

너를 찾을 수 없어
주머니에서 꼼지락거리고

널 찾아 주저리주저리
아직도 못다 한 말
모으고 모아서
네게로 가는 발걸음

행여나 하는 맘
네 앞에서 서성이는
설렘이라도 벗하고자
빨간 네 모습 찾아 또 가겠지

지나치듯 스쳐 가는 여인이
네 얼굴 찬찬히 두 눈에
담아보는 사람으로

그게 너였으면 좋겠어.

구름과 나그네

하늘의
먹구름 내려앉아
소양호 자락에
쉬어 가려 숨 돌리지만

물 안개의 시샘에
봇짐 챙겨 떠나가듯

잠시 쉬었다 가는
나그네 발길
이 내 몸과 같구나

호수의 아침

춤 사래 치듯
물안개 꽃들의 유영
이른 새벽을 깨우는
호수의 아침

고요함
적막함을 깨우고
영롱한 빛을 기지개 켜며
포근함을 간직한 채로

붉은 햇살 은빛 물결에
살포시 얼굴을 내밀고
속삭이는 내 여인의 환한 미소

아침의 호수는
허락된 짧은 시간의 만남에
슬픈 눈물 훔치고 고개 떨구네.

가슴이 우는 사랑

볼 수 없고 만날 수 없으니
더욱 보고 싶습니다
언제나 내 안에 당신은 있는데
왜 이리 보고 싶은지
내 안에 있지만
그리운 날도 보고 싶은 날도
만날 수 없는 당신
이렇게 보고 싶어 가슴만 아리고

만날 수 없는 당신은
내 가슴에 잠들어 있는데
이토록 서럽고 그리운 느낌이
드는 것은 왜 또 그런 건가요

오지 않을 당신
만나지 못할 당신이기에
가슴이 너무 아파

내 마음에서
떨어지지 않는 그리움으로
살아 숨 쉬는데
오늘따라
슬픔은 가슴을 애이건만

지금
사랑할 수 없기에
정말 보고 싶어 하건만 언제라도
만날 수 있는 당신이 아니기에
기다림의 끝에 다다른 끝에서
이렇게 슬퍼지는 걸 보니
당신을 사랑하고 있나 봅니다

너무나
그리워서 눈물이 나네요.

호수의 사랑

가로등 불빛만이
적막에 드리운 호숫가에서
찬 기운을 맞으며 미풍에 불어오는
당신의 향기에 취해 버린 내 모습

희미하게 웃음 짓는
당신의 미소를 떠올리면서
작은 미소를 당신께 전하는 이 마음

그리운 당신
사랑스러운 당신
당신이 네게로 오신 다기에
당신을 그리움으로 사랑하면서

보잘것없는 내 모습이지만
당신에게 향하는 그리움은
봇물 터지듯이 붉게 타오르면

나
당신 마음속에 그리움으로 남아
당신만을 사랑하겠습니다.

너를 붙잡은 나

바람이 이끄는 길에
발걸음 쉬어가듯

꽃 천지 벚꽃은 팝콘처럼 터져
렌즈에 담으려 하는 마음은
쉴 새 없이 손놀림하고

찬 바람은 볼에 홍매화 빛으로
물들여 가슴에 번지건만

너에게 편지를 쓰고 싶은 건
아직도 타는 봄에 내 마음마저
불태우고 싶은 청춘의 열정인 거야

봄 끝자락에 흐르는 진주 빛깔
눈물 닦을 손수건
아직 준비하지 못하였으니
잠시만 내 곁에서 머물러 줄 수는 없겠니

네것 내것

배냇저고리에 쌓인
너를 품 안에 안은 채로
보채는 너에게 젖을 물리니

고사리 손가락으로
꼼지락거리면서
내 것을 조물딱 꺼렸지

훌쩍 자라서 품을 떠나
새로운 보금자리를 짓고
짝을 만나 떠나갈 즈음

내 것을 보노라니
처져 있는 젖가슴은
네 것이었을 때
참 예쁘고 탐스러웠지

그래도
내 것은
지금도 예쁘기만 하네

똥강아지

엄마 품을 떠나서 손수건 적시 우고
소쩍새 울면 나도 따라
고향 하늘 바라보면서 눈물 훔쳤지

엄지 집게손가락 접으니
뱃속에서 꿈틀대는
내 새끼의 미동에
울 엄니 주름살 펴시게 하고
웃음 지으시는 모습에 눈시울 붉히는데

젖달라.
보채는 울음소리에
급한 마음은 젖병을 물리지만
도리질 치는 고갯짓에
뽀얀 젖가슴 입에 물려주니

배부른 똥강아지
스르르 잠이 들면
엄마 얼굴 떠올리며
나도 따라 웃음 지었네

밀 서리

논 줄 띄우고
굽은 허리 펴지도 못한 체
바쁜 손놀림에 모내기 끝 무렵

동네 개구쟁이들
노랗게 새어버린
수염 속 알갱이를
훑어서 헤진 바지춤에 넣은 체
휘파람 불며 시치미 뚝

타닥거리는 장단 소리에
한 움큼 입속으로
털어 넣어 씹어 보지만
허기진 배를 채우지도 못하고

단물 빠진 껌 되어
입속에서 유영하네

담배 건조장

한낮의
뜨거운 태양이
산 너머에 걸치면
미소 짓는 보름달에

감자 고구마는
피식 바람이 빠지고

새끼줄에 매달린 체
황토색 물 들인 옷으로
갈아입은 담뱃잎들의
맵시에 밤은 깊어 가는데

동트는 새벽 시간에
기침하시는 울 아버지
고단한 몸 누운 채로 잠이 들고

속삭이는 밤
아궁이 속은
하얀 궁전을 지었지

능소화 여인

그대를 보고 싶은
애타는 마음에
긴 목을 내려놓은 체

오늘도 애타는 마음
들킬세라 꽃술을
꽃잎에 숨겨 놓고
불타는 여인의 시린 사랑
한 송이 붉은 꽃으로 피어나

그리워하는 만큼
목 놓아 울어버린 여인은
꽃잎에 눈물 흘리고
짓물러 터진 가슴은
가시는 임 발걸음 붙잡고서

비련의 여인 능소화 꽃은
옷고름 풀고 수줍은 미소 짓는다.

비에 소나타

창가에 튕기는
빗물의 아픔인가
빗방울은
하염없이 쏟아져 내리는데

보이는 곳에 임은 없기에
내 마음은 눈물을 흘리고

틀 속에 가두어둔 시간만큼
행여나 부담으로 때로는 엥 토라진 너의 입술

다독거려 주지 못함이
세차게 내리는 빗물은
눈물이 되었나 봅니다

내 것이 아니어도
네 것이 아니어도
함께 하는 당신이기에
마주 보고 미소 짓도록 해요.

댓글

네가 쓴 댓글에
죽음의 문턱을 넘나드는데

비수처럼 꽂혀버린
악성 댓글에 눈물 훔치고
가슴에 멍울이 진다

격려 댓글에 사랑으로
감싸주는 마음
춤추는 어깨 들썩이고
신명 나는 세상의
꽃으로 피어났네.

설익은 그리움

밤이 울고 간 자리
풍경소리 끝에 걸린 별 하나

산사의 푸른 적막에
길 잃은 그림자는
별빛 품고 세월에 누워도

사랑한다던
헛맹세는 처마에 매달려
떠나가는 너 잊으라 하네

타오르던 열정
종소리에 울려 퍼지고

또
한번 사랑한들
네 어찌 탓하랴마는
바람 되어 떠도는 마음
이름 하나 묻어두려니

설익은 그리움
이 밤을 뉘와 보낼꼬

그리운 사람

퇴근길 눈짓으로 인사를 끝내고

어둠 속 네온 빛에
잠깐의 현기증으로 멍해져도
설레는 맘 추슬러
내 집 주소를 손안에 쥔다

구둣발에 걷어차이는
바지 사이로 널 그리워하는 맘
살결에 타오르고

내 길은 직진인데
출렁이는 마음
유턴을 하고 좌회전을 하다
설킨 맘 쫓겨 힘 빠진 손가락
손톱 끝 현관문 비밀번호를 누른다

말하고 싶고 느끼고 싶은데
둘이 되고 싶은 속마음이기에

당신이 그리워
하염없이 눈물에 젖습니다.

빗물

당신의 슬픔
눈물은 비가 되어
이 한밤
차가운 바람에 몸서리치고

음악이 흐르고
창가에 흐르는 이슬방울은
가로등에 영롱함으로 채색되어져
향기 진한 차 한 잔에 띄워
임에게 향하는 내 마음
전해주고 싶은데

미안해요
마음속에 임은 울고 있나요
내리는 빗물처럼
봄비 속에 그리움 담아
보내 드리려 하네요.

그리움이 내리는 밤

하얀 눈꽃 같은
그리움은 쏟아져 내리고

붉어진 얼굴 투박한 손바닥 위
어둠 속 작은 조각되어 내립니다.

외로움을 달래던 밤 차마 못다 한 말
오늘 밤 소복소복 그리움을 덮고 있듯

설렘에 억누른 손끝은 그리움 가득한데
흐느끼듯 흘러내리는 가로등 불빛처럼

겨울밤
나 홀로 애달픈 사랑은
하얗게 부서져 흩날리고
이 밤을 지새워야 하는
가슴은 어둠 속에 물들어 갑니다.

그리움이 쏟아져 내리는 이 밤에

달빛 줍는 밤

겨울비 안개처럼
가슴 적시고
뽀얀 속살 달빛에 숨어
꽃물 터지듯 사랑하던 밤
애끓고 애끓다

터벅터벅 오는 사랑
앵두빛 입술에 촉촉한 숨결도
발끝에서 마비되어
수토하고 놓아주는 그대여

폭풍처럼 거세던 사랑도
눈 끝에서 보내고 나면
그대 등 뒤만 쫓아가는
그림자 닮아가는 밤

달빛 주워 담던 가슴에
이름 하나 몸짓하나 손길 하나
그리움 하나로 빨갛게 타오르네

봄 처녀

아지랑이는
굼실거리듯 피어오르고

시냇물은
버들강아지 입술을 훔쳤지

쪼르르 달려오는 노란 병아리
제풀에 뒤뚱거리고
연한 새싹들의 합창에 임 마중하듯
두 손 벌려 감싸 안은 체

따뜻하고
포근한 햇살의 입맞춤에
움츠린 가슴 터지듯 소리 내어
연분홍 치마폭에 얼굴을 묻고

영롱한 햇살 품은
봄 처녀는 수줍음 볼에 물들어가네

갈무리

쉼 없이 내달린
시간 여행의 끝인가
차가운 바람에
옷깃을 여민 채로

가슴속으로 스며드는
하얀 사랑을 부끄러운 듯
태우다 만 낙엽이 되어
파란 하늘 속에
쉬어 가듯 잠이 들고

우수수 떨어지는
단풍잎은 갈변이 되어
제자리를 찾지 못한 채로
나뒹구는 나그네 되었네.

시인의 마음

그대 가슴에
피어난 시린 마음
백지 위에 살포시 내려놓으시고

풀꽃 내음 안 기우고
익숙하듯 어루만지는
가녀린 마음으로 품은 정

봉오리 터지듯
붉은 가슴속으로
젖어드는 시향에

마른 가지 끝
애처롭게 걸려있는
내 마음에 촉촉한
이슬 되어 적셔 주었나

바람이 되어
햇살이 되어
그대 향한 그리움이어라

석류

복주머니 속
사랑의 자장가를 부르시고
산고의 고통 미소 속에 내어주셨네

비바람이 매워서
뙤약볕이 아려서
나뭇잎 이파리 뒤에 숨어 눈물 흘리고
품 안에 자식들 그늘막으로

곱디고우신 얼굴
초라하게 갈변이 되어도
꽁지깃일세라 고울세라
품어 안은 모정

늙고 냄새난다며
좁고 답답하다면서
발길질에 박차고 뛰쳐나가건만

송알송알 맺힌 물집
톡톡 터져 붉은 핏방울
가슴 가득 선연하여도

자고 나면 끝없이
쏟아져 나오듯
어머니의 미소 주머니는
활짝 가슴을 열어 놓았네.

폭주기관차

레일 위를
쉼 없이 내달리는
두 바퀴의 쇳소리는 힘에 겨워
숨돌리지 못한 채로

간이역에서 잠시
시름을 내려놓지만
두 녀석의 재촉하는 손짓
눈으로 바라보는 식구의 눈총이 따가워

중년의 삶
되돌아보는 회상은
젊음과 열정의 날들을
폭주 기관차에 몸을 싣고
숯검정 뒤집어쓴 체 불을 지폈는가 보다

잠시
숨을 고르고서 내달리기 위한
출발선에 기적 소리 울리고서
바퀴는 또다시 한 바퀴를 돌고 있다.

홍시

자식에게 물리던
탱탱한 젖꼭지는
말라버린 포도알처럼

젊은 청춘 다 바치고
주름의 골짜기는 선명한 줄기 되어
자글자글 피어나건만

끝나지 않은 자식 사랑은
휘청거리는 앙상한 가지 끝에
위태로이 매달린 채로

백설에 핀 붉은 꽃 되어
마지막 남은 속살조차
까치밥 되고 꼬지는
날지도 못한 채 떨어졌네.

여심 / 1

단,
한 번의 뜨거웠던 사랑이라도
꼭꼭 싸매 두었던
뽀얀 속살의 간지러움
그대 손길에 익숙해져도

부끄러워
겨우 말한 앵두 빛 그리움
세차게 퍼붓던 소나기도 쉬어가려나

처음 그대와의 시간
나팔꽃보다 더 자란
아픔이어도 아깝지 않은 내 사랑아

그대 두고 같은 하늘 아래서
다른 숨결로 살 수 없어 바람 되어
그 뺨에 닿을 수 있다면

감미로운 노래가 되어
그대 가슴에 들려주는
참을 수 없는 애타는 내 마음
숨조차 쉴 수 없음을 혀끝에 숨겨 두고

그대 나를 사랑해 버린 마음
어쩌면 더 아파하겠지

여심 / 2

아린 가슴 달래어
두레박 속 가득 담은 귓속말
어쩌다 사랑한 그대 손길에
아침마다 사랑에 불을 지피듯

가을 닮은 시린 가슴은
거짓 없는 투박한 속삭임에
붉은 노을 되어
그대에게 자꾸만 내어 주는 마음

그대
더 사랑하고 싶어
토라지듯 보고 싶음도
달빛 창가에 걸어두고

하얀 수건 눈물로 적셔
그리움에 애타듯
붉은 입술 삭혀 두고 가슴에 분칠하고
톡톡 털어 무지갯빛으로 말하네

차마
보일 수 없는 눈물을 거두고
하얀 미소 지으며 네게 오신 이
그대 위한 자장가를
불러 드립니다.

가을 사랑

새벽바람은
시원하게 불어오는데
제일 먼저 떠오르는
얼굴이 그대인 것을

기쁨 되어 아려오는 마음
이것이 사랑인가요

바람 따라 가을이 오면
고슬고슬 말라가는 그리움
호숫가를 소리 없이 거닐며
또다시 그대 이름 부르다
삭지 않는 그리움
눈물 꽃 되어 피어날 텐데

웃음 지으면서
사랑하게 되었고
가슴 쓸어내리면서
벅찬 사랑 사치스럽다
조금씩 천천히 하려 해도

가을바람보다
먼저 심연 깊숙이
파고들어 버린 님이신데
새벽부터 그대 숨 찾아서
길 떠나는 내 사랑아

대청호의 가을

만추의 향연 가을 녘
호숫가 갈대숲 속에
한 쌍의 백로의 사랑 몸짓

머지않은 호수와의
이별이 못내 아쉬워
둘만의 밀어는
행락객들의 발길을 멈추게 하고

타는 가슴 부여잡듯
서글픔에 눈물짓고
안타까움은 가을비 되어
푸른 물결만 출렁이네.

꽃잎

사랑의 눈물 되어
내리는 빗줄기를
연초록빛 가슴으로 담고서
가냘픈 꽃잎에 입맞춤하듯

줄 수 있는 마음
애처로워 꽃을 피우려 해도
질투하듯 부는 바람에
온몸을 감싸 안은 체
사그라지고

구름 사이로 내비치는
햇살을 품은 꽃잎은
자줏빛 속살 내보이면서

피고 지고 눈물 꽃 되어
그대 사랑 그리워
그대 가슴속으로
오늘도 숨어든다.

꽃신

아카시아꽃
향기 내음에 취해
구두를 벗어 벤치에 누워

쏟아져 내리는 햇살에
연록의 싱그러움은
가슴속으로 스며들어
유혹의 벌 나비의 날갯짓은
허공을 가르고

떨어져 쌓인
구두 속 작은 궁전을
짓밟을 수 없어
물끄러미 바라보면

꽃잎에 들인
천 년 사랑 찾아
바람에 맡기듯
내 몸은 솟구쳐 오르네

인연

맑고 잔잔한
호수 같은 내 가슴에
아름다운 인연으로
끝없는 사랑을 주고
또 받고 싶은데

항상 많이 주고 조금만 받아도
그에 만족하며 채워가는
그런 인연이라면

함초롬히 피어나는 아침 꽃처럼
그렇게 촉촉함으로
사랑으로 다독이면서

바람의 향기 따라
서글픔 없는 무한한 사랑으로

부서지는
물방울의 수만큼
가슴속에 품은 사랑으로
아름다운 인연으로 만나요.

갈색 그리움

연초록빛 싱그러움에
작은 꽃으로 피어나서
영롱한 아침이슬을 머금고
높고 푸른 가을을 품고서

그대 생각에 웃음 짓고
그대 모습에 눈물 흘리며

볼 수 없는
애타는 마음
시간의 흐름은
더딘 초침 소리에 한숨짓듯

볼 수가 있는
그날의 환한 미소는
첫날밤의 새색시 되어

두 볼은 핑크빛
갈색으로 물들이고
사랑의 몸짓은
뜨거운 입맞춤에 붉어진 체

내 당신의 가슴속에
수줍은 여린 마음 감춘 채로
가을 하늘 위에
주렁주렁 달아 놓았네.

고개 숙인 당신

빨간 장미꽃 한 송이
꽂혀있는 유리병 속으로
반짝이는 햇살 부서지듯
흩어져 금빛 물결 춤추는데

오늘은 나보다 더
외로움에 젖어들어
고개 숙인 당신을 도저히 볼 수 없어

찻잔에 흐르는
감미로운 음악은
실 안개 피어나는 커피 향 따라
바닥에 자욱한 그림자 되어
흩날리건만

하염없이 흐르는
눈물 감추지 못하고 뚝 떨어져
탁자에 나뒹굴어 스러져 버려도
하얀 손수건은 접힌 체
시린 마음을 담았네.

하얀 기억의 회상

빛바랜 책갈피 속에
끼워져있는 사진 한 장으로
지난날의 젊음을
회상하듯 젖어드는 이 밤

하얀 재는 깊은 밤을 태워버린
그날들의 숯의 잔해로 남아

이제는 저편 끝자락에서
기억으로만 남아있는
희뿌연 안개일 뿐이었지

홀로 남은 기다림은
외로움에 희석되어 버리고
꼭 다시 만나자는 기약 없는 말은
바람에 날아가 버린 나뭇잎으로 떨어져

흔들리는 마음
멍들게 했던 날들
되돌릴 수 없는 시간은
안개비 되어 가슴을 적신다.

가버린 사람아
떠나버린 사랑아

하루 또 하루

오늘 하루가
지나가 버리고
내일 또 하루는
내 곁으로 다가오지만

그대의 미소 그리고
향기로운 잔향은
내 곁에서
머무르고 맴돌기에

가슴으로 느끼는
그리움을 어찌할 수 없어
또 하루를 보낸다

밤하늘에 유성처럼
별빛은 떨어져도

그대의 숨소리
그대의 고운 눈빛은
내 곁에 있어
혼자만의 외로움조차 슬프지 않네.

아버지의 시간

내 자식의
눈물 볼 수 없어
내색하지 못한 체
홀로 삼키시는 아버지

시한부의 삶 앞에
시간을 거스르지 못함은

길고 긴 어둠 속
소리 없는 시곗바늘은
쉴 새 없이 돌고 돌아
아침 햇살은 창문을 두드리는데

요동을 치시면
숨 쉼조차 힘들어
휴지에 물들인 선혈 아실까 두려워
못난 자식은 흐르는 눈물 감춘 체
휘어진 등을 토닥입니다.

부메랑

푸른 호수 속에 비친
그대의 얼굴
반영의 그림자 되어
외로운 마음을 채우고

그리움의 눈물은
목울대를 치듯이
넘어서 흘러가건만

호숫가에 부는
가을바람에 되돌아오는
부메랑처럼
가슴으로 돌아오려나

미소 짓는 내 사랑아.

가을 여인

새벽바람은
시원하게 불어오는데
제일 먼저 떠오르는
얼굴이 그대인 것을

바람 따라 가을이 오면
고슬고슬 말라가는 그리움
호숫가를 소리 없이 거닐며
또다시 그대 이름 부르다
삭지 않는 그리움은
눈물 꽃 되어 피어날텐데

웃음 지으면서
사랑하게 되었고
가슴 쓸어내리면서
벅찬 사랑 사치스럽다
조금씩 천천히 하려 해도

가을바람보다
먼저 심연 깊숙이
파고들어 버린 님이신데
새벽부터 그대 숨 찾아서
길 떠나는 내 사랑아

속살

뽀얀 그대의
속살에 사랑이 숨었나

살짝이
들여다보려 하는 내 마음
들킬세라 고개를 돌려 보지만
마음에 일렁이는
보고 싶은 마음은 숨길 수 없어

보이지 않은
그대의 속살은
부끄러움에 감추려 하여도
가슴에 붉은 코스모스 되어
바람에 속삭이듯이

그대 당신에게만
보여주고 싶은 속살이라고,

꽃잎의 눈물

짝 잃어 슬피 우는
소쩍새의 울음소리는
어둠 속 공허함 속으로

회색 구름 사이로
뽀얀 속살 드리우듯
둥근 달은 고개를 내밀어
외로움에 숨죽이네

타는 입술 고이 닫은
달맞이꽃은 그리움 담아
미소를 띤 채로
짧은 만남을 속삭이고

사랑가를 불러
노란 물감을
호숫가에 흩뿌리네.

틈새 사랑

당신을 위해서
내어준 시간 속에서
나는 보이던가요

하루의
짧은 시간 틈새에
그대 가슴속에
내가 숨을 쉬던가요

단
한 번만이라도
스치듯 지나가 버린 초침에

그대 두 눈에 투영되기를
애타는 심정 간절한 바람은
헛꿈이었나요

해는 지고
밤의 끝자락에
그대 꿈속에서나마
잠시 머물고 싶네요.

연리지

나 홀로
지내온 세월 함께 할 수 없어
삭혀둔 그리움은
짓물러 터져 수액의 눈물 흘리고

손 내밀어
임의 마음 들이던 날
처음 느끼는 아픔에 울고
희열의 기쁨에 사랑에 빠져

한 몸으로
영원을 약속한 체
자유가 아닌 구속을 택하였네.

망초 꽃

가을꽃 국화꽃을
닮고도 천대받는 꽃이 되어
찬 서리 내리는 가을이 싫어
한여름 내 피었다 지는 꽃

눈부신 아침 햇살
품 안에 안고서 영롱한 이슬
한 방울을 머금은 채로
피어나는 망할 놈의
불림을 슬픔으로 삭히고

발에 밟히고 살은 터져도
자갈밭 척박한 땅
길섶에서도
유월의 들꽃이 되어
온 산하에 피어있네.

카스 이야기

한 손에 쏙
주옥같은 글이 아니어도
환상의 사진이 아니어도
친구로 인연이 되어
관심과 사랑의 댓글은
기쁨 행복을 선물해주고

지나쳐 버린 순간들
잊혀 가는 추억들도
가슴속 깊은 회상에 젖어
환골탈태 새로운 세상으로
한 점 한 점수를 놓듯이

컴퓨터의 불편함을
내 작은 손안에서
꿈틀거림은 비상하는
기러기 되어 하늘 위
자유로운 영혼으로
그대 품에 안겼네.

병실에서

홀로되어 지내온 시간 속에서
오늘 밤도 뒤척이다 잠이 들지만

선잠에 다시 깨어나
비 내리는 창가에 희뿌연 안개
내려앉은 새벽녘
가로등 불빛들조차도
가로수 잎 사이로 고개 숙이는 시간

동전 한 닢에
바보상자 웃음소리도
주어진 시간 속에 잠이 들지만

또다시 찾아드는
적막하고 외로운 밤
잊고자 하는 기억들
지나가 버린 시간 속에
상념의 시간은
약 기운에 또다시 잠이 들었네.

연꽃 사랑

어둠 속에 숨죽인
인적 끊긴 적막한 작은 연못에
천상의 선녀들은
쏟아져 내리는 별빛 타고
연분홍 치마 벗어 놓고서

이승의 그리움에
뜨거운 해후의 눈물 흘리고
불타는 사랑의 몸짓은
사그라질 줄 모른 체

영롱한 아침이슬 받고서
화들짝 놀라
그 자리에 애절한 시린 가슴
연꽃으로 피어나

사랑의 결실 씨앗은 익어가고
스산한 가을을 들인다.

축복

엄마 아빠의
사랑스러운 딸로 태어나서
기쁨의 눈물 흘리고 행복했었지

예쁘고 건강하게 자라서
반쪽 사랑 찾아
새 보금자리 둥지 트는 날

품 안의 자식 너에게
잘해준 것보다 못 해준 것에
손수건 적시면서 너를 보내니

아가야
큰 욕심부리지 말고
둘이서 한마음으로 살아간다면
엄마 아빠는 행복하단다

사랑한다. 우리 딸

집으로 가는 길

술잔에 너의 향기를 담으니
어스름 그대 얼굴은
찰랑거리면서 미소를 짓고

스쳐 지나는
차 창가를 따라서
앞서거니 뒤서거니 따라오는 당신

가로등 불빛에
어리는 그림자 크기만큼
앞에서 손짓을 하고

집 앞에서 잠시 멈춘
뒷모습의 그림자 끝
너는 안녕의 손짓을 하네.

눈물 꽃

한 뼘 작은 가슴에
사랑이란 두 글자로
운명처럼 다가선 당신

볼 수 없어 애태우고
만질 수 없어 타는 가슴
아파해도 내 사랑이기에

그리움의 눈물 꽃
먼저 피우고
깊은 늪에 허우적거려도

홀로 우는
외 사랑도 행복합니다.

당신이 그리운 날

티끌과 흙이 된
넋으로 피고 지듯
세월은 흘렀건만

그리워하는 만큼 보고 싶고
외로워하는 만큼 느껴지는데

이제는 희미한 당신의 얼굴
빛바랜 사진첩 속에서
미소 지으시는 당신을 보노라면

품속으로 파고드는
손주 녀석의 잠버릇이
당신을 쏙 빼닮았기에
오늘 밤은 당신이 더욱더 그립습니다.

무궁화꽃 1

사십 년 세월을 한결같이
밤하늘에
별들이 속삭일 때 들어오셔서

잠든 내 머리를
쓰다듬어 주시며 미안하다
볼에 입맞춤하시고 주무셨던 당신

민중의 지팡이로
동네 살림꾼이기를
자처하시고 밝은 미소 지으시던 아버지

당신이 떠나가신
그 자리에 자식의 제복에는
무궁화꽃 한 송이 피어 있습니다.

무궁화꽃 2

어스름 저녁 동네 어귀
전봇대에 이마를 대고
떠들썩 개구쟁이들의
웃음소리는 밥 먹자 부르는
엄마 목소리 허공에 맴돌면

가던 길 멈추고
미소를 지은 체 물끄러미 바라보는
중년 아저씨는
지나간 세월
어린 꼬마 시절을 회상하고
기억의 조각들을 맞추면서

옛 친구 그리워
바지춤에 전화기 꺼내서
목청껏 소리를 지른다

무궁화꽃이 피었습니다.

누름돌

자식의 울음소리에
놀란 가슴 감추지 못하고
내 달리던 잰걸음

시어머니 호통 소리에
쓸어 내지도 못한 한은 가슴에 묻어 두었지

되돌아보는 세월
못난이로 살아온 세월
시간의 그림자는 덩그러니 매달린 체

희끗희끗 파 뿌리 되어도
내 자식 며느리 손주 녀석들
눈망울 글썽일까 봐 입속에서 맴도니

서러운 내 팔자 먼저 떠난 당신이
다독여 주는 투박한 손에 내 마음 젖어드니

무거운 누름돌 하나
내 인생의 情이었네.

등잔불

심지에 불 붙여
까만 밤을 태우고
문설주에 빗장 걸었건만
빗소리는 창호지를 두드리며

초가지붕 처마에
볏짚 타고 파인 골 따라
낙숫물은 흐르는데

손주 녀석 칭얼댈까
졸인 마음에 머리카락 만져주니
뒤척이고 모로 누워 잠이 들면

엉덩이 토닥토닥
꼭 껴안으시고 주무셔도
새벽녘 동녘 하늘에
아침 햇살 비추면 부뚜막에
앉아 군불을 지피시면

창호지 구멍 사이로
바람 불어 등잔불은 눈 감은 체
스르르 잠이 들었지!

헤매는 마음

불어오는 소슬바람은
한낮의 불거진 내 볼을 스치고

휘영청 밝은 달은
호숫가 물속에 반영되어
가슴속으로 들여서

내 임 얼굴 그려보니
눈앞에서 아른거리는데
임 그리워 찾아가는
이 밤의 짧은 시간은 속절없이 흘러

헤매다 길 잃어
별님에 물어보니
모른다는 고갯짓에 밤길을 재촉하네.

바보 사랑

안타까워 눈물 흘리고
피우지도 못한 체
재가 되어 날아가 버린
희나리 사랑이어도

가슴속 밑바닥에
고여있는 연정까지 내어주고서
기뻐하고 행복해하는
바보 사랑이었나

나 모르는 체하는 그런 당신
지금도 그런 당신을 여전히
곁에서 바라보고 눈물짓는
내가 바보인 것을 나는 몰랐지

당신 가슴으로 들어가
당신만 바라보는 바보가 되어버려도
나는 행복합니다.

소양강 눈물

쩍 벌어진 강바닥
헛바닥 내놓은 체 할딱거리고
바짝 마른 눈물 흘리지 못한 체
마른하늘 원망하지만
새털구름 바람에 흘러가고

타들어 가는 이 가슴
깊은 계곡 쩍 갈라져
모세의 기적을 연출하면
소양강 처녀
하얀 가슴 낯부끄러워 감출 수 없어

인간의 탐욕에
자연의 섭리 거스르고
내 달리는 무지렁이 어도

하늘이시여!
허허 웃음 거두시어
뜨거운 태양 어둠에 가두어 두시고
단비 내려 적셔주셔서
소양강 눈물 거두어 주소서

바람이 전하는 말

끈적거림의 더위도
벨벳 치마 속으로 숨어들면

작은 별 들의 속삭임
대나무 사이
달그림자의 미소도
먹구름 속에 스며듦은

촌로의 흰 허리
할미의 하늘 천
주름살도 꽃처럼 피어나

세찬 바람은
섬뜩한 소리 속에
옷깃을 여미게 한다

먹구름을 동반하고
울부짖음으로 바람은 말을 하네
비는 내 친구라고,

무명 시인의 선물

뭇사람들에게
생소한 이름의
무명 시인이어도

내가 좋아 긁적이는
내 삶의 보따리
하나하나 풀어 놓고서
나를 알고 있는
당신에게 전하고 싶어

기쁨으로
행복한 미소 지은 체
당신에게
내 인생의 첫 시집으로
작은 선물을 드리면서

인연으로 만난
당신에게
감사의 인사 올리는 마음이기에
최고의 시인이라 생각을 합니다.

부부의 인연

나 태어나 살아온 시간
뿌리 깊은 보호수 아래에서 자라나
젊은 날의 열정으로
한 송이 꽃으로 피어나서

수많은 사람 중에
당신의 손잡아 품은 사랑이라
둥지를 틀어 喜怒哀樂
함께 한 세월 속에

둘이서 한마음으로
사랑의 결실 자식 손잡고 걸어온 길
쉼 없는 인생 열차
꿈을 찾아 숨 가쁘게 달렸으니

함께 마주 보고
웃음으로 기쁨의 눈물 흘리면서
자식 손주 바라보며
단풍으로 물든 가을 소풍 길 행복이라

미안해요
고마워요
내 손잡아 준
당신을 영원히 사랑합니다.

우리들의 이별

창문 틈 사이로
너의 향기 스며들고
어둠이 내려앉은
호숫가에 밤하늘의 별빛은
반짝거리는데

그대 눈빛 바라보던
내 두 눈에 눈물이 흘러
멍해져 버린 가슴 막혀버려
너의 두 눈을 쳐다볼 수 없어

고개를 숙인 체
목구멍 속 말조차
꺼내지도 못하고

뒤돌아서야 만 한
내가 싫어 흐르는 눈물
닦을 수가 없어 하늘을 보면서

겨울바람에 말을 했어
이제는 안녕이라고

귀성길

차는 탄 거야
걱정스러운 휴대전화 문자에
예약한 버스를
기다리건만
아는지 모르는지
정류장에 들어설 줄 모르니

신호등은 **빨간 불**인데
내 마음은 파란불 켜고

혼잡한 시내를 벗어나
고속도로 올라타 달리다
깊은 산속 안개를 헤집고

정체돼버린 도로
긴 터널 속에 갇혀 버린
조급함에 마음은 까매져
두 시간 꽉 차버린 시간
배뇨 현상은 괄약근만 조이네.

질투

창문 넘어
건너편 창가에 불이 켜지면

아른거리듯 커튼 사이로
당신의 실루엣에
두 눈의 동공은 커지는데

아파트 사이에
가로 놓인 가로등의 질투는
깜박거려 시야를 흐리니

밤안개마저
너의 창문을 닫아 놓으니
불 켜진 임은 보이지 않네.

시간 여행

어스름
새벽 시간에 멈추어 버린
고장 난 시계의
소리 없는 외침에
외로움으로 몸서리치고

뜨거운 태양
서쪽 하늘 석양으로 물들여
동녘 하늘 여인의 속 고쟁이 사이로
쫓기는 시간 여행은
호숫가 물속에 비친 모습에
화들짝 놀라버리고

산사의 종소리
재촉하듯이 내달리면
반짝이는 별빛은
뜨거운 포옹도 못 한 체
시간만 흘렀네.

검은 눈물

집에서
회사에서
도시의 거리 그리고
귀퉁이 음지에서도
몰래 숨어 피는 애연가는

따가운
눈총에 외톨이 되어
한숨지은 채로 설 곳 없는
처량한 신세로 전락해 버린 체

한 모금의 맛을
끊지 못하는 습관에
가슴을 도려내고
검은 눈물 흘리네.

한글의 현주소

선조들의 피땀으로 초석이 되어
한민족의 소통은 세월의 흐름에
소리 없이 맥을 이어 왔건만
과학 문명의 발달은
선조들의 두 눈에 이슬로 맺혀있는데

언어의 마술처럼
어머니의 품속처럼
아비의 과묵한 심성까지도

사랑의 속삭임
연인들의 달콤한 입맞춤 되어
아름답고 고운 마음마저 담아내던 추억들은
그리움으로 다가오건만

낯설고 생소함으로
다가오는 어휘들 앞에
어울리지 못하는 세대들은
꿈속에서도 잠 못 이루네.

언어의 장벽

방학이면
자동차 경적 소리 울리며
아비 어미 손잡고
할아버지 부르는 소리는
고즈넉한 농촌 들녘에 퍼지고

저녁상 물리면
손녀딸 재롱 잔치에
손뼉 치면서 웃음꽃 피어나는데

알 수 없는 노랫말
며늘아기 귓속말 알듯 모를 듯
고개만 주억거리고
허허 웃음 씁쓸함에
이부자리에 몸을 누이면
창문에 걸린 별빛들의 속삭임에 잠이 들어도

신들린 듯
외치는 국적불명의 언어들 여과 없이
현실로 스며드는 안타까운 마음 재울 수 없어
쉰 새벽 기침하고 논물 채우는 삽질은 바쁘기만 하네.

흔적

공원의 잔디 위에
잔설의 흔적은
소리 없이 내리는
하얀 눈으로 소복이 덮어 버리고

그리움은
네 마음속에 밀려오듯이
아련하게 떠오르는
당신의 얼굴을
애써 지우고자 술을 마셔도

잊었다
떠나보냈다. 생각하였건만
아쉬움과 슬픈 이별이었기에
잊힌 여인보다
잊히지 않는 여인으로
떠나보내려 하는 마음
아쉬움만 남아 가슴을 적십니다.

편지

찾아오는 이
아무도 없는
호숫가에 내리는 빗물에
웅크린 채로 추위에 떨면서

화사함으로 채 피우기도 전에
꽃잎을 떨구자 하는 초라함이
가로등에 비치며 하얀 비는 내리는데

울고 있나요
내리는 빗물처럼

당신을
그리움으로 사랑해서
내 마음 아파하기보다는
당신이 울고 있기에
내 슬픔이 더하네요

항상 그대 곁에
있어 주지 못하기에
내 임을 보듬어 안아줄 수 없음에
그저 이렇게 멀리서 마음에 아픔을
안아가면서 임을 지켜보아야 하는
현실이 안타까운 시간이기에

미안해요.

우리들의 육체는
멀리 있어 하지만
내 마음은 당신 곁에서 당신에게 향하고 있다오
사랑하는 마음으로 오늘 밤 빗 물속에
그리움 담아서 임에게 보내 드리려 하네요

사랑해요.

수통골

영롱함으로
아침 이슬 머금은 풀잎은
나뭇잎에서 나뒹굴고
까만 밤을 지새운 긴 여행을 씻어 내듯이
아침 햇살은 대지를 깨우고

이른 새벽바람 따라서
다녀가시는 님이시여
보내기 싫은 마음은
소슬바람에도
일렁이듯이 춤을 추고 있지만

계룡산 끝자락에 걸려서
이름 없는 크고 작음의 계곡들의
신비스러움이 손에 손잡은 체로
발길을 사로잡으려 합니다.

사랑하는 여인의 품으로
다가가고 싶은 그리움의 오솔길로

어느 날 갑자기
그대가 생각이 날 때
언제든지 발길이 그대 곁으로

운무에 숨어 버린
골 깊은 계곡에는
너와 내가 아닌 우리들은 자연의
신비스러움에 함께 어우러지듯이

곁에 있기에 소중하고
그리운 우리들의 임으로 영원히
몸과 마음속에서 머물러 있네요

산사의 아침

새벽녘 바람은
풍경소리의 울림에
고요함으로
고즈넉함으로

어둠에 잠이 든
산사의 아침을 깨우면서
붉게 타오른다.

간밤의 뒤척임으로
선잠이든 어린 동자승은
산자락에 하얀 안개 사이로
어슴푸레 떠오르는
밝은 아침 햇살에 옷깃을 여미고

비구니 스님들의 싸리 빗자루에
밤사이 길 위에 나뒹구는
선홍빛으로 채색되어짐을 다하지 못한 체

떨어져 버린
낙엽들의 추억만 남아
내 작은 가슴속으로 스며듦이
아련함으로 머물러 있네

아침에 쓰는 시

이른 새벽에
호숫가에 피어오르는
하얀 안개는 누구를 그리도 그리워하기에
미세하게 불어오는 실바람에
흐느껴 울듯이 안개비를 뿌리시나요

물안개 피어오르는
잔잔한 호숫가에 아침이슬 머금은
햇살은 까만 밤을 지새운
온 대지에 달콤한 입맞춤을 하듯

가슴에 묻어두고 고
이 접어둔 당신
그립고 생각날 때마다
내 당신의 입술에
살짝이 내 마음 전하려 하네요

이른 새벽에
깨어나서 당신의 얼굴을
그릴 수만 있다면 이 몸은 행복한 사람이겠지요

당신에게 그리움으로
사랑하는 사람으로 다가설 수만 있다면
힘이 들고 마음이 아파해도
당신만을 위한 시를 쓰려 합니다.

마음에 고향

오늘도
난 저 너머 계신 그대를 향해
손꼽아 기다립니다

바람에 휘어진 꽃잎에
매달린 잠자리처럼
슬픈 표정으로
그대를 기다리는 순애보 사랑

정해진 시간도
약속마저도 없이
바람이 나를 흔들어 와도
그리움으로
가득 찬 외로움을 견디며
난 그대를 기다립니다

내겐 이렇듯 소중한
그대의 마음에 고향이 있으니까요.

짝사랑

피어나는 꽃잎에서
향기는 피어오르고
벌 나비의 유영에 꽃향기는
온 세상을 뒤덮는데

맺지 못 해서 안타까워 애타하는
이 마음 그대는 알고 있는지
내 마음속에 열정 그대에게
주어도 마음의 속 알지 못하는
미움보다는 켜켜이 그리움만 쌓여가듯

생을 다하여 비바람 속에
떨어지는 꽃잎의 슬픔 그리고 아픔
소년의 가슴에 멍울져서
가슴속 깊이 쌓여만 가네.

사랑아

편하게 지내온 날들이
사랑이라는 굴레 속에
아파하지 않으려 하는
당신의 마음이라는 것을

이름 없는 무명 산에 피어난
들꽃도 그리워하는 마음으로 피어나
시간의 흐름에 지는 꽃잎도
눈물 한 방울에
못다 한 사랑을 그리워하듯이

나 자신을 사랑할 수 있기에
당신을 그리움으로 사랑하려 합니다
밤하늘에 수놓은 별들을 바라보면서
당신의 별자리를 찾아
흘러가는 구름에
바람에 나의 몸을 내맡긴 체로
당신 옆으로 다가 가려 합니다

내 마음을 당신 역시
처음 느낌 그대로 받아 주세요
잊어야 한다고 멀리하려 한다고

생각하시는 당신의 마음
그렇게 하심이 편하신지요?

이제는 당신을
내가 사랑할 수 있는 임으로
내 마음속에 담아두고 싶네요

영원히

구절초

청명한 가을 하늘 아래
여인의 소복에 감싸듯이
먼저 가신 넋을 위해
하얀, 붉은 구절초는
꽃비 되어 흩뿌리고

국향은
산사의 아침 타종 소리에
굽이굽이 돌고 돌아
찾아온 이방인의
시름을 어루만져 보듬어 주고

물들인 갈옷에
무명화가의 손놀림은
구절초의 한을 위로 하건만

서러움을 아로새긴
경내의 구절초는 설움 되어
하루하루 생을 다할 제
자비로운 부처는 지긋이
미소를 짓는다.

가슴으로 흘리는 눈물

커다란 산처럼 솟은 형상은
이제는 가을바람에 흩날리는
마지막 잎사귀의 처절한 삶에
변하지 않으시는 성격
꺾일 줄 모르시는 아집에

중년의 자식들은
한없는 설움 되어
가슴에 타버린 멍으로 남았는데

십수 년의 병간호도
당신의 성격에 휘둘리시면서
영면하신 어머니의 한 또한
당신의 고집 잣대를 꺾지 않으시는
변함없는 현실이기에
가슴으로 눈물을 삼킵니다.

영원한 꽃

그대만의
토양에서 영양분을 취하고
탐스럽고 고운 자태 미색의 아름다움으로
한 송이 꽃으로 피어나서
참을 수 없는 향기에 취함은

나의 욕심에 불을 지펴
꽃봉오리를 꺾어서
내 가슴 깊은 곳에 심어두고
예쁘고 아름다운 꽃으로
가꾸어 주고자 하였건만

상념의 시간은
중년의 세월을 지난 채로
조금씩 퇴색돼 가고

미풍에도 흔들리는
보잘것없는 꽃으로
변하게 하였음에 회한의 눈물 흘립니다

그대만의 꽃으로 살아오신 시간
내 안의 꽃으로 함께 보낸 세월
가족의 꽃으로 영원히 가야 할 1/3

다시
한번 그대의 손을 잡아 봅니다
사랑합니다.

친구에게

중년의 세월 지나
골목길 포장마차에서
어린 시절을 회상하며
한잔 술에 취한 체로
잘 가라고 손을 흔들면서

노릇노릇 구워진 통닭 한 마리
검은 비닐봉지를 허리춤에 매달고
떠나갔던 너의 뒷모습에서
내 모습을 보면서 너털웃음을 지었건만

친구여
자네의 소식 알 길 없어
충혈의 밤을 지새웠건만
안 사람의 떨리는 목소리에
멍한 내 가슴 할 말을 잃어
울어 버렸다네

사진으로 마지막 인사를 건네고
잔에 스며든 친구의 눈물 마실 수 없어
뜬눈으로 밤을 지새웠건만
보내지 못하는 가족들의 눈물
토닥거리는 이 마음은 불어오는 바람에
전하듯 내 기억 속에 친구는 있으니

미련한 사람
미련한 친구여

친구에게
마지막으로 꽃술 한잔
눈물 받쳐 올리니
곤드레만드레 그냥 취하고

훗날
찾아가는 이놈에게
박정하게 대하지 마시게

평행선

까만 밤 지새워도
아침이 밝아오면
두 눈은 그대를 찾고
두 귀는 벌써 그대 고운 숨
가슴 위에 앉으라 비워 주네요

삶에 지친 몸
뉘이랴 편한 몸 바라보지만
아직도 그대 찾던 습관에
내 마음의 낙서는
입술에 손끝에 뱅뱅 맴돌다
그립다 말하고
사랑한다 씁니다.

우리 둘은
평행선을 달리지만
그 거리 너무 가까워
두 손은 잡고 갈 수 있음이
행복인가 봅니다

가끔 놓치려고 할 때
속상한 마음 말할 수 없을 때
토라지듯 한 번만 더
가까운 평행선에서
두 손잡고 가기로 해요.

춘곤증

식후의 나른함은
솔솔 불어오는
봄바람에 실려 온
향기에 취하여
눈꺼풀의 무게를 내려놓았네

곱게 부서지는 햇살은
목련 꽃에 내려앉아
낮잠을 즐기고
바람에 흩날리는 벚꽃은
호숫가에 자맥질하는 시간

벽에 걸린
불알시계는 축 늘어져
발걸음마저 쉬어간다.

설레임

당신을
처음 만나던 그 날의 설레임
초조함으로
뽀얀 당신의 두 눈을 부끄러움으로
살짝이 쳐다보고서

가까이서
당신을 바라보지 못한 체로
첫 대면의 짧았던 시간은 지나가고

행여
내 당신이 나를 볼라치면 외면하는
내 마음 들킬세라
가슴에는 파도 소리 커져만 가고
한 번의 만남으로만 알았었는데
당신만이 지니신 향기를
알아 버렸네요

헤어나지 못하고
방황하는 네 마음이었기에
내 당신을 잊으려 무던히도 애썼는데도
마음처럼 그러지 못함에
아파하는 마음이
그리움으로 사랑으로
새싹을 틔웠네요

이제는 당신의 두 눈을 바라보고
당신의 얼굴만이
내 마음속에 각인시킨 체
시련도 고통도 보고 싶은 마음으로
승화되고 아련함으로 생각이 나는데

아리도록 보고 싶은 내 당신이기에
쌓여만 가는 시간의 엉겹에
내 당신의 이름을 불러 봅니다.

내 안의 그대여
내 마음속에 있는 내 당신이여
당신이 오시는 그날까지

꽃샘추위

떠나는 마음
미련 남긴 채 눈물 훔치고
아쉬움에 몸을 떨고
남겨둔 정에 몸부림치고

고운 햇살 온몸으로 끌어안고
봉우리는 톡 하고 터트렸건만

매서운 칼바람 부는
꽃샘추위의 시샘에
짧은 봄은
아쉬움에 목 놓아 고개 떨구었네.

표절

오감을
만족하지 못하는
산해진미의 맛이었나

설탕 한 숟가락
식초 한 방울의 맛 차이에
입술은 실룩거리고

가슴으로 써내려간
임의 향기는 바람 따라
마음속에 스며드는데

닮아가듯
또 다른
나 자신의 숨김은
낙엽 되어 땅바닥에 나뒹군다.

시인의 연못

부서지는
아침 햇살은
물 위 시린 수련의
가슴 어루만지고

대청마루에 내려앉은
호숫가 연꽃 마을은
민들레 홀씨 흩날리고
백련의 유혹에 몸을 떨었네

창문 스치는 빗물 소리에
반백의 시인은
마음의 시를 연못에 내려놓는다.

청 보리

배고픔에 절인
이파리 사이로
사그락사그락
바람은 지나가고

꽃 잔치 화려한 봄날에
전염병처럼 현기증 일으키고
청 보리는 하염없이 흔들린다

푸르던 청춘의 기억들
날카로운 칼날에 베이고
탈곡기로 떨어내어
나뒹구는 알곡이어도

뜨거운 가마솥에서
얌전히 속살 벌려
인고로 피어난 연꽃이어라

눈꽃

밤하늘의 별들도
살포시 잠이 들어 적막한 밤

이른 새벽
빗자루 소리에
졸린 눈 비비고 기지개를 켜면
밤사이 지펴 놓은 아궁이에
하얀 재는 켜켜이 쌓여있네

채에 걸러 앉힌
떡시루에 띠 두른
시룻번은 눈물 흘리며
가쁜 숨을 잠재우고

보이지 않는
우렁각시는 온데간데없고
하늘공원 마당에
하얀 백설기 꽃을 피웠네

월급봉투

현관문을 뚫어져라
바라보는 자식은
졸린 눈을 비비고
아빠 손에 들려진
통닭 한 마리 채가듯 반기고

골뱅이무침에
시원한 맥주병은
소반 위에 올려졌네

달에 한번
삶에 지친 어깨는
두둑한 배짱으로 자존심 세우는 날

양복 안주머니 속
노란 봉투의 두툼함에
흐뭇한 미소를 짓는다.

꿀벌의 사랑

샛노란 꽃술에
사뿐히 내려앉아
화분으로 치장하고

일편단심 그대 마음
몰래 탐하고 싶은 충동에
불안한 날갯짓은 숨 가쁜데

내 안의 그대는
누굴 그리는 해바라기 되어
가을 하늘 밝히는
노란 가로등 되어 서 있는가

심연 깊숙이
그대 숨결 느끼고 싶어
오직 나 하나의
꽃 찾는 꿀벌이 되어

그대 입술에
그대 마음에
그대의 향기에 취한 채로
그대 위한 보금자리
밀랍의 집을 지었네

단비

임
그리움은 한이 되어
설움에 뚝뚝 흘리시는
눈물이어도 좋습니다

흘리세요
거침없는 빗줄기 되어서
하염없이 토해내세요
꺼이꺼이 목놓아 소리치세요

보고 싶은 마음 처량해서
우두둑우두둑 몸서리치는
몸부림 이어도

꼭
보듬어 안아 드리리다.

사랑의 결실

하얀 속살 부끄러워
꽃잎에 물들이고
달콤한 입술 내어주듯
꽃술에 숨어들었나

그대 향기에 날아들어
촉촉한 입술 취하건만
목마른 갈증에 날개 접어
가슴속에 젖어들고 숨 고르네

품은 연정 들킬세라
쉼 없는 날갯짓에
허공 속 춤사위로
바람결에 나부꼈네

애처로운 몸짓 되어
사랑의 열매를 맺는다.

불나비

불타는 밤
화려한 도시
밤의 유혹에 빠져들고
불빛 속 블랙홀 속에서
그대 사랑 위한 몸짓으로
한 마리 나비로 태어나

그대가 불러주고
그대의 품속에서 행복할 때

나는
그대 안의 불나비 되어
뜨거운 가슴으로
그대만을 품으리오.

무명 시인의 선물

정재선 시집

초판 1쇄 : 2015년 8월 27일

지 은 이 : 정재선

펴 낸 이 : 김락호

디자인 편집 : 이은희

기 획 : 시사랑음악사랑

인 쇄 : 청룡

연 락 처 : 1899-1341

홈페이지 주소 : www.poemmusic.net

E-Mail : poemarts@hanmail.net

정가 : 10,000원

ISBN : 979-11-86373-14-9